合同句集

航跡

内田　進
Uchida Susumu

内田泰代
Uchida Yasuyo

ふらんす堂

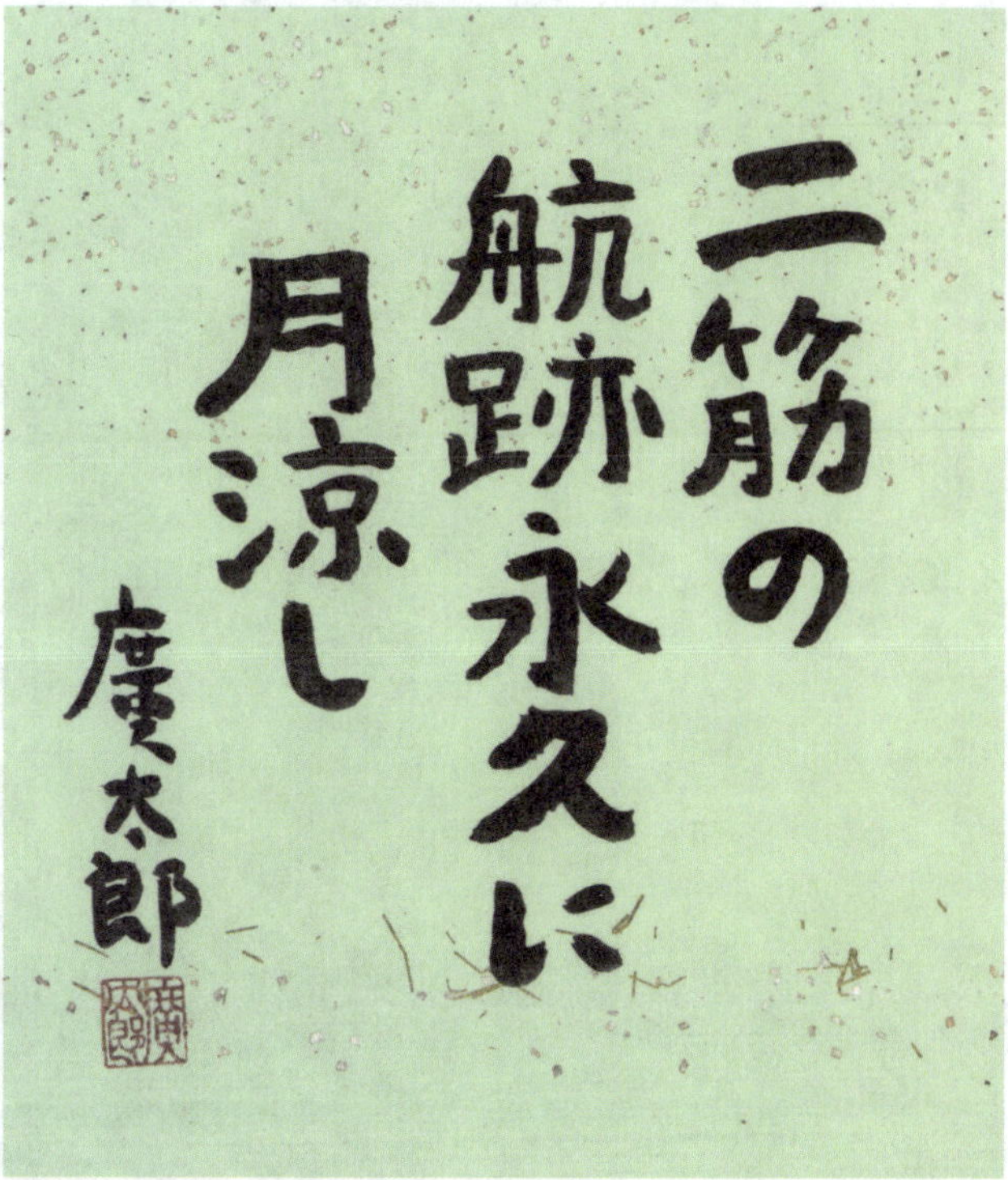
二筋の
航跡永久に
月涼し
慶太郎

航跡の文《あや》――序にかえて

句集『航跡』は内田進・泰代ご夫妻による夫婦句集です。ご夫妻ともに「ホトトギス」同人で、稲畑汀子・廣太郎両先生に師事され、五十嵐播水・哲也、小杉伸一路と続く主宰の俳句結社「九年母」に属され、俳句の道を歩んで来られました。私は師匠筋にあたる者ではなく、俳歴もはるかに短い者ですので、序文を書くような資格はまったくないのですが、俳句の、そして人生の先輩であるお二人からの依頼ということで、ふつつかながらお引き受けしました。もとより、俳句は作者の手を離れれば読み手がいかようにも鑑賞してよいので、この句集を手に取る皆様が自由に味わわれるのが一番。この序は、あくまで私なりに受け止めたお二人の思いをまとめたものであることを、最初に申し上げておきます。

夫君の内田進さんは、精神科医としてずっと世に貢献してこられました。医師として勤務を始めた中で俳句と出会い、患者さんにも勧め、ともに句を詠むことで俳人としての歩みを始められました。句集に載せられた句の中には、最初の「天の章」を中心に、誇りをもって歩まれた医師としての仕事を詠まれたものが多くあります。

天職を唯ひたすらに去年今年
急患の知らせ余寒の灯をともす
下萌ゆる大地に誘ふ車椅子

患者さんたちとともに四季を過ごす姿が、的確な季題によって浮かび上がってきます。人のいのちと人生を預かる医師という仕事の重さと、その中での患者さんとの心の交流の様子が詠まれています。

のどけしや医師と患者の囲碁勝負
箱庭に心の世界配しけり
秋灯下一字の重き鑑定書

長く勤められた天職と、それを辞するときの思いも綴られています。

二度と着ぬ白衣をたたむ花の冷
継がれざる往診鞄黴てをり

一方で、「地の章」、「人の章」では、家族との日々が伝わってくるあたたかな、それでいて花鳥諷詠の美しさを極めた句が四季の季題に乗せて並んでいます。

白梅の空に溶け込む一樹かな
待ち合はす夕風涼し花時計
夏空に槍つくドンキホーテの像
控へ目な人控へ目に秋扇
駅ごとに乗り込んでくる寒さかな

最後の「夜学の灯」（第六回九年母賞・選者委員特別賞）では、医師を目指して苦学されていた頃の追憶をまとめられています。

初月給あれこれ迷ひバナナ買ふ
こつそりともらふ夜食のコッペパン

それぞれの志す道冬木の芽

奥様の泰代さんの句風は、一言で言えば「やはらか」。かと言って弱々しく色が薄いという意味ではなく、季題に色鮮やかな言葉を絡めた詩情あふれる句です。詠まれた時系列に並べられていますので、句の熟成の過程と人生の歩みとを感じながら鑑賞していくことができます。

乗りかへの須磨は明るき花の駅
汗の手を濯ぎ産声抱き上ぐる
豆飯の今炊き上げし色香かな
桜鯛明石の旬を買ひにけり
鴨帰りたる空の色湖の色

泰代さんの句の中には、信仰に関わる佳句も多く見られます。高校生の頃にカトリックの洗礼を受けたご主人の進さんと学生時代に知り合われ、結婚される前に泰代さんも受洗。お二人で同じ信仰の道を歩み続けて来られました。信仰者のまなざしと心が感じられる句が散りばめられています。

告解を終へて春寒解かれけり
花冷の手を合はせ今祈ること
冬薔薇真白きマリア像の許
聖堂を出でし一歩に冬の月

また泰代さんは琴を弾くという趣味をお持ちですが、その句もあります。

新しき楽譜の届き春隣
夏座敷琴弾く心解き放つ
秋雨の静けさに琴弾くこころ

その琴に触れたご主人の句が次の一句。

梅雨ごもり妻の琴の音零れくる

このように、この句集には互いに相手を詠んだ句や、互いにとって共通の事象を詠んだ句が散見しますが、それが夫婦句集である最大の魅力です。内田さんご夫妻が知り合われたのは、泰代さんの故郷である香川県の高松。香川大学に入学された進さんは、学友の家庭教師先の泰代さんと知り合われます。進さんはその後、あきらめていた医学の道に進むことを選ばれ、神戸医科大学（現在の神戸大学医学部）に編入されます。神戸と高松との遠距離恋愛を育んだお二人は、進さんの大学卒業式の翌日に結婚式を挙げられます。以来六十年に渡り、三人の子供さんと進さんのご両親とともに家庭を築かれました。その家族に触れた句は、夫婦の間の問わず語りのようです。

門松や写真はみ出す大家族　進
笑ふ子に泣く子に母の三ケ日　泰代
嫁ぐ娘と名残の窓辺遠花火　泰代
娘ら嫁ぎ西日の部屋は閉ぢしまま　進
逃げる子に鼠花火の音弾け　進
花火待つ子等にほつほつ暮れてきし　泰代

大家族今は二人の切西瓜　進
目を病みし夫の目となる露けさよ　泰代

お二人での海外旅行の写生句も。

フィヨルドに滝いくすぢも落ちにけり　進
大聖堂入口までの夏帽子　進
潮風に育つレモンやカプリ島　進
乾杯のドイツビールに旅心　泰代
中世の名残の運河舟遊　泰代
爽やかに見ゆリヨンの神父さま　泰代

そして、何よりお二人の句に重なるのは、亡くされた愛息への想いです。不慮の事故で突然若い命を奪われた圭一さんへの思慕があふれる句です。

雲の峰実習船の登しやう礼　進
向日葵や吾子の絵日記色褪せず　進

逆縁のはかなき命走馬灯　進
吾子の星探し求めて星月夜　進
立てかけしままの遺愛のスキー板　進
冬ざれやあまりに早く逝きし子よ　泰代
十字架に遺影に届く後の月　泰代
忌日来し梅一輪の返り花　泰代
吾子の背な流す思ひに墓洗ふ　泰代
鎮魂の月日は褪せず寒の月　泰代

鳥羽商船高等専門学校の卒業生で、航海練習船海王丸で世界を巡り、海をこよなく愛する青年であった愛息を亡くされて三十年近く経った今、ようやくその想いを「航跡」という名の句集に託す時が来ました。両親のその想いを圭一さんは天国で微笑みながら受け止められていることでしょう。

圭一さんがこの句集をどのように受け止めておられるかは推し量るほかはありませんが、圭一さんに代わって姉の由美さんと真紀さんに「圭一さんが句集の中でご両親それぞれの一句を選ぶとしたら……」を、言葉を添えて考えていただきました。

帆 船 の マ ス ト に 潤 む 春 の 星　進

帆船のマストの天辺から私たちのことを見守りながら、今も自由に大海原を駆け巡っているであろう息子への想い。

去 年 今 年 な く 面 影 の 子 を 抱 く　泰代

ずっとずっと誰よりも息子のことを想い続けている母の心が溢れている。

そして、由美さんと真紀さんそれぞれが選ばれたご両親の句とその感想。

【由美】

こ こ ろ 病 む 人 診 る 窓 の 風 は 秋　進

精神科医として、患者さんのために一生懸命働く父の姿。その姿は私たちに大切なことを教えてくれた。

春塵をぬぐひて琴に向くこころ　泰代

母として、妻として、家族のことを一番大切に想ってきた母の人生。その生活に彩りを添えたお琴。音楽をライフワークとしている私の素敵な先輩でもあり大きな目標。

【真紀】

肩書のとれて気楽に甚平かな　進

誠心誠意、医師として尽くしてきた父が、引退してようやくほっとできた。仕事への向き合い方には、尊敬しかない。

寒燈や振り向かぬ子を見送りて　泰代

いつもどんな時も、私たちのことをずっと大切に想ってくれている母。「いってきます」と出て行く私に、いつまでもいつまでも、大人になった今でも手を振り続ける母の姿が、私の背中を押してくれている。

最後に、この句集の題名に託したお二人それぞれの句と、序を記した私からの存問句でこの拙い序の結びといたします。

人生の航跡綴り去年今年　進

露の世や吾子の航跡とこしへに　泰代

夏潮に航跡の文波の彩　湧水

二〇二二年六月吉日　大阪にて

酒井湧水

題簽・酒井湧水

航跡／目次

合同句集

航　跡

内田　進　句集

内田　進　句集＊目次

天の章

天職を唯ひたすらに去年今年

悴める手を温めて触診す

避難所の広き寒さに患者診る

医の倫理厳しく問はれ寒の月

急患の知らせ余寒の灯をともす

下萌ゆる大地に誘ふ車椅子

春愁やパイプ煙らす休診日

心閉づ子を診る帰路の鯉のぼり

生きるには疲れましたと洋紫陽花

臨終を告げし窓辺に朝の虹

献体の柩送りて百日紅

こころ病む人診る窓の風は秋

名月を独り占めする宿直かな

夜間診終へて一歩のそぞろ寒

夜寒の戸締めかけて診る患者かな

著ぶくれの患者日ごとに増えてきし

水温む医業解かるる日の近し

二度と着ぬ白衣をたたむ花の冷

現役を退きし医学書梅雨じめり

継がれざる往診鞄黴てをり

二〇二〇年

「こころを診る」より

のどけしや医師と患者の囲碁勝負

山積のカルテ横目に春の雲

紫陽花やうつろふ心躁と鬱
サルビアの赤心燃ゆ反抗期

青芝や白衣脱ぎ捨て球を追ふ

緘黙の見えない心水中花

凌霄のこぼるる花に独り言
診断を迷ひし我に道をしへ

箱庭に心の世界配しけり
閉づ心今宵の月に寄せてをり

借り物の白衣の駆ける運動会

秋灯下一字の重き鑑定書

臨終に慟哭の母虎落笛

少しづつ癒える心や冬木の芽

地の章

有明の海の雲間に初日の出

——新年・春

老舗宿一椀にある淑気かな

獅子頭祝儀袋をひと呑みに

余呉の湖靄のかかりて残る鴨

修善寺の虚子の句碑訪ふ梅日和

白梅の空に溶け込む一樹かな

軒といふ軒より雪解しづくかな

流氷の果てなき起伏オホーツク

国境のなき疫病に春寒し

春雷の響きに大地目覚めけり

復興の家並甍の陽炎へる
ものの芽の一雨ごとに動く彩

朝の陽に弾ける瑠璃の犬ふぐり

土筆摘む列車待つ間の鄙の駅

古びたる箱より雛の白き顔

戯れの砂文字に寄す春の潮

島影も橋も朧に瀬戸の海
船べりを打つ波音の長閑しや

店先に干だこ吊るし島の春

タンカーの船足遅く春の海

店主の目ぬすみ飯蛸抜け出しぬ

朝掘りの筍並べ小商ひ

庭下駄の出払つてゐる花の宿

観覧車のぼる視界に花の雲

連翹の黄は遠くても近くても
川風も水も連翹に染まりけり

——夏

調教の駿馬駆け抜け若葉風

不揃ひを大目に量る苺売り

乗り継ぎしローカル線は麦の秋

蠅を打つ牛の尻尾の右左

芍薬の大輪くづる音もなく
影絵めく六甲連山月涼し

身をかがめ大の男の溝浚へ

橋桁は町の隠れ家蚊食鳥

かがり火の届かぬ水辺河鹿鳴く

太閤の石の碁盤や木下闇

葉にすがる空蟬爪に力あり

夜を徹し虜となりて女王花

待ち合はす夕風涼し花時計

波の音残して消ゆるキャンプの火

恐竜と星座に夢中夏休

勝利して大いなる角兜虫

寺町の氷小豆に寄り道す

延長戦敗者に崩る雲の峰

シャガールの青南仏の夏の海

遊船やアドリア海の碧深し

フィヨルドに滝いくすぢも落ちにけり

夏惜しむ白き巨船のバルト海

大聖堂入口までの夏帽子
夏空に槍つくドンキホーテの像

三角の波立つ湖面大夕立

氷河汲みオンザロックに乾杯す

――秋

澄む水にマッターホルン映す湖

山霧にカウベルの音遠ざかる

ライン川古城へ繋ぐ葡萄畑

秋晴やゴッホ展への長き列

潮風に育つレモンやカプリ島

遠ざかる風になりゆく秋の蟬

蜩と水音に暮れ貴船かな

漆黒の闇に消えゆく盆の唄

控へ目な人控へ目に秋扇

山頂に人知れず咲く濃竜胆

秋冷を沈めて蒼き五色沼

碁石持つ思案に入りぬ虫の声

つと現れて忽ち消ゆる秋の蝶

青空の色をこぼして野紺菊

峡谷の霧立ちのぼる速さかな

九十九折峠へ続く芒原

秋晴の空へ棟上ぐ槌の音
月蝕の果てたる月の眩しさに

乗換へのホームに仰ぐ須磨の月

落柿舎の屋根より高き木守柿

——冬

片言を話す小春の九官鳥

小春日の光を回すフラフープ

白日の河口に千鳥ゆきもどり
木枯の転がつて行く坂の街

駅ごとに乗り込んでくる寒さかな

のぼり窯火の落とされて山眠る

焚火して始まる村の道普請

音といふ音を消し去る深雪かな

雪の磴のぼり詰めたる奥の院

しづけさや櫓脚ゆるやか雪見舟

ハレー彗星探し求めて著ぶくれて

手に馴染む皮手袋の黒き艶

新幹線冬田の景を真っ二つ

雑踏に紛れ師走の孤独かな

頼朝の流刑の伊豆に寒桜

寒月の光の中に祈りけり

釣り人の竿一列に四温晴

潮の香に水仙の香の育ちゆく

「あの頃」より

二〇一八年

カルメラは母の魔法や春の風

田水張りキセル取り出す農夫かな

農道の下校子襲ふはたた神

天秤棒肩に食ひ込む土の汗

肥後守巧みに削る秋灯下

竈の火消えて厨のちちろ虫

人の章

門松や写真はみ出す大家族

三世代揃ふ厨の初笑

初夢を語るも楽し聞くもまた

老母一人梅にあづけて宮詣

結納の使者を迎へて梅かをる

花嫁の父と呼ばれて朧かな

膝頭そろへ小さき雛の客

合格の知らせ飛び込む春一番

あたたかく心に滲みる福音書
聖櫃の装ひ新た復活祭

残されし視力にほのと花明り

桐の花咲いて素直に育つ娘等

汗ぬぐふ涙をぬぐふ華燭の日
娘ら嫁ぎ西日の部屋は閉ぢしまま

鈴蘭を一株遺し母の逝く

海の風入れて我が家の夏に入る

母の日に遺愛の聖書繙けり

梅雨ごもり妻の琴の音零れくる

肩書のとれて気楽に甚平かな

閑居して板につきたる昼寝癖

母を待つ夕べの子等に月見草

逃げる子に鼠花火の音弾け

若者の歩に追ひ越され炎天下

そこまでに汗の流るる坂の町

夏草を刈る人のなき生家かな

万緑や司教叙階のよろこびに

さやけしや祈りし旅のカテドラル

福音の教へは謙虚藤袴

シスターの秋思抱きし帰国かな

大家族今は二人の切西瓜

足萎えの母は小鳥と親しめり

耳聡き子の起きてくる夜食かな

師を偲び慕ひて集ふ後の月

秋灯下妻読みくれし虚子百句

目を病みて山茶花の散る音を聴く

気がつけば父に似てきし咳ばらひ

息子圭一に

帆船のマストに潤む春の星

雲の峰実習船の登しやう礼

真夏日に赤道越えし子の便り
向日葵や吾子の絵日記色褪せず

航海の話は尽きず流れ星
逆縁のはかなき命走馬灯

不帰の子の足音待ちて鉦叩
吾子の星探し求めて星月夜

ふと吾子の足音かとも虎落笛
立てかけしままの遺愛のスキー板

「郷愁」より

二〇一七年

教科書の塗り潰されて卒業す

虎杖の在りかよく知るがき大将

医業継ぐ運命に生れて痩せ蛙

隻眼を語らぬ父の汗涼し

瓢の実や山駆ける子の秘密基地

梟を連れ山の子の登下校

「夜学の灯」より

二〇二一年

げんげ田に別れを告げて就職す

青年の夢は大きく山笑ふ

算盤を弾く玉音梅雨じめり

初月給あれこれ迷ひバナナ買ふ

運動場火蛾の寄り来る投光器

繰り返し母の文読む月見草

汗と泥まみれの友の遅刻かな

啄木と牧水親し秋灯下

叱られて涙ぐむ目に星月夜
こつそりともらふ夜食のコッペパン

煙草屋の店主教鞭とる夜学

それぞれの志す道冬木の芽

人生の航跡綴り去年今年

内田泰代句集

内田　泰代　句集＊目次

第一章

昭和六十一年〜平成十五年

春塵をぬぐひて琴に向くこころ
夫帰るころ炊き上げし栗御飯

寒燈や振り向かぬ子を見送りて

子等集ひ大きくなりし炬燵の輪

雪の景川一筋の生きてをり

母看とり戻る船路の朧月

野に低く風には高く弾む蝶

冠を結ぶ雛をひざに抱き

帰省子の食欲にまづ驚きぬ

夜濯や寮生活の終はりし荷

新しき楽譜の届き春隣

島近し四温の海の輝ける

幸せのしづくのごとき新茶汲む

緑蔭の笛へ園児ら駆け込みぬ

霧しづく高野の杉の高さより

嫁ぐ娘と名残の窓辺遠花火

嫁がせて淋しき安堵爽やかに
いつの間に帽子となりし毛糸玉

かかげたる福笹の波人の波

告解を終へて春寒解かれけり

母のみが知つてゐる場所土筆摘む

四姉妹そろふ母許春炬燵

乗りかへの須磨は明るき花の駅

これほどの老鶯の啼く山路とは

闇ふかめ静けさ深め鉦叩

冬ざれやあまりに早く逝きし子よ

青春をのこして逝きし日記果つ

遠くともいつか来る春待つてをり

春愁や思ひきり花買つて来し

十字架に遺影に届く後の月

忌日来し梅一輪の返り花

大地震止みし狭庭に凍てし蝶

復興の月日ありけり街おぼろ

名も知らぬ秋草増ゆる更地かな

春風に吹かれ産衣の干されけり

汗の手を濯ぎ産声抱き上ぐる

笑ふ子に泣く子に母の三ケ日

豆飯の今炊き上げし色香かな

信仰に生きる漁師に島若葉

紫陽花の雨後のしづくに空の青

祈りたきことまた一つ秋灯下

木の実独楽上手に廻す子の人気

鮊子を炊く楽しみに追はれけり

橋が好き川が好きな子水温む

強東風に子等とばされて戯れて
ランドセル春を鳴らして下校の児

六甲へ繋ぐ一水花おぼろ

水匂ひ新樹のにほふ中之島

蛍の夜待つ水音に子等遊ぶ

鞍馬山奥へ奥へと木下闇

青き海眼下に旅のソーダ水

一行に追ひつく汗でありにけり

白百合を活けて朝の祈りかな

女王花ひと夜を咲きて力抜く

吾子の背な流す思ひに墓洗ふ

迷ひ込むことも秘境や霧の祖谷

雨止んで園に子等くる小鳥くる

陰少しほしき運動会日和

見る度に空拡げゆく松手入

この庭の落葉だらけといふ風情

もてなしの炭をつぎ足す峠茶屋

クリスマス待たずに逝きし子を偲ぶ

鎮魂の月日は褪せず寒の月

盆梅に小さき日和ありにけり

第二章

平成十六年～二十六年

去年今年なく面影の子を抱く
みちのくの雪の虜になりし旅

門潜りくぐり首里城日脚伸ぶ

釣人に凍のゆるみし余呉の湖

凍解の小さき光を踏む湖辺

明易し病棟の音始まりぬ

虚子学ぶ月日の流れ露けしや

灯火親し未来の家の設計図

鉦叩数遠ざけて眠りけり

六甲を越えて有馬の夕時雨

旅支度師走心の端に置き
立春の庭新しき扉かな

永き日のゆつくり沈みゆく夕日

桜鯛明石の旬を買ひにけり

夜の匂ひありけり月の朧なる

春潮の岬の先まで歩をのばす

ウエディングドレス裾曳く春の芝

黄昏れてきし山荘の春暖炉

紫陽花のはじまる毬のうすみどり

橋三つ渡る水都の夏めけり

箒目も浄き沙羅咲く念仏寺
湯の街の沙羅咲く寺のしづけさに

ナイアガラ国境つなぐ虹の橋
どうしても顔に始まる玉の汗

花火待つ子等にほつほつ暮れてきし

銀河濃し偲ぶ月日の流れかな

秋灯下いのちの一句一句かな

辞書を引くことに躓く夜学かな

鳥威光めぐらす里日和

菊花展葉の出来ばえに花も映え

灯火親し絵本の中に眠りし子

風邪の子のまだ甘えたき母の膝

一本と思へぬ銀杏落葉かな

冬空の重さ湖にもありにけり

寒の雨地震の記憶を濡らしけり

煮凝や留守引き受けてくれし夫

寒肥を終へし安堵に雨の音

雪解の流れに最上川下り

医の道を果たせし夫も花人に
閉院も大事な節目春惜む

花の日へ一目散となるはやさ

花冷の手を合はせ今祈ること

あたたかやいつも誰かがゐる水辺

鴨帰りたる空の色湖の色

松の花低き並木の離宮みち

爛漫の薔薇と別れて来し暗さ

三男が一番のつぽこどもの日

初蛍予期せぬ八瀬の一水に

河鹿鳴く声も瀬音も澄んでをり

枡席にせまる役者の玉の汗

生真面目をくづさぬ夫と冷奴

ハンモックお伽ばなしの夢に覚め

サングラス外して地中海の青
乾杯のドイツビールに旅心

汗見せぬ神父の白き法衣かな

爽やかに祈りの道へ導かれ

句敵にあらず二人の灯火親し

秋天に近づく最上階の句座

再会の叶ひ別れの爽やかに
朝露にふれて水辺の一歩かな

水澄みてロッキーの湖色湛へ
鹿の角切られし森の憂ひかな

溺れさう迷ひさうなる芒原

枯蔦を引けば手応へ生きてをり

風音の中を落葉の音走る

時雨るるや軒借るすべのなき山野

母許の寝足りし朝の根深汁

漱石を偲ぶ修善寺冬桜

大冬田分かつ一水ありにけり

雪女郎飛驒の山路の分れ径

第三章

平成二十七年〜令和三年

地震に生れ二十となりし春著の娘
日向ぼこ心だんだん丸くなる

凍鶴や北の息吹に舞ひ上がる

寒禽の一声庭の黙を解く

水仙にはじまる島の景色かな

野を焼いて風むらさきに暮れゆけり

この島の地球にやさし花菜畑

風光る枝の主日の聖堂へ

中世の街マロニエの木下闇

夏至といふ夕べのゆとりありにけり

浦まつり海へ太鼓の音放つ

百日紅風の梢でありにけり

玉虫の美しき迷信包みたく
惜しみつつ月下美人と眠りけり

中世の名残の運河舟遊
爽やかに見ゆリヨンの神父さま

帰国せし安堵しみじみ鉦叩

枯草をはらひ少年すくと立つ

邸宅の弥撒に与る明の春

碧梧桐忌や句敵の友親し

万蕾の遅速を語り花を待つ
蒼天に風の落花でありにけり

薫風やホ誌の俳人司教様

叙階ミサ歓喜の讃歌満つ盛夏

一汗を入れて聖堂扉押す

海の日の帆船空を引き寄せる

花みかん母の生家の伊予思ふ

白木槿すがしき朝の息づかひ

晩学に励む硯を洗ひけり
爽やかな佳信ローマの司教様

教会は駅から五分小六月
大会の短日刻むスケジュール

鴨の群れ光をつれて漂へり

買初の妻待つ夫のベンチかな

寒禽の日向をつつく高音かな

冬薔薇真白きマリア像の許

聖堂を出でし一歩に冬の月

大寒や八十路互ひに越えゆかむ

色硝子美しき聖堂春近し

二ン月の頁めくれば走り出す

一水の花に溺れて花の句座

花筵はみ出してゐる笑ひ声

曲水に誘ふ邸の水の音

春の夜昔むかしのラブレター

いと小さき命の蟻にさされけり

旅戻り黴の匂ひに気付きけり

よき汗を流したく履くスニーカー

噴水の高さに風のいたづらす

夜食待つ子等ゐし頃のなつかしく

露の世の今を大事に支へ合ふ

水都とも商都とも秋水湛へ

七草や信仰深き母の忌に

行年の災禍へ深き祈りかな

スクラムの固さは強さラガーかな

苦にならぬ今日の坂道風五月

夏座敷琴弾く心解き放つ

赴任地の金魚と暮らす独り言

残暑にも家居にも倦み今日は句座

目を病みし夫の目となる露けさよ

秋雨の静けさに琴弾くこころ

被災地へ春待つ祈り届けたく

家居解きたく春日傘ひらきけり

君を呼ぶあはひに消えし虹の橋

秋天をナポリの海と分かち歩す

雲もまた加はる風情良夜かな

秋出水山河は美しく怖ろしく

虚子館の地下の集ひも秋日和

露の世や吾子の航跡とこしへに

あとがき

自然豊かな病院に勤めていた四十年ほど前に、心を病む患者さんに俳句を勧め、一緒に新聞への投句を始めたことが、私の俳句への第一歩です。

妻もまた、母親や妹達が俳句をしていたこともあり、大阪朝日カルチャー教室や芦屋ホトトギス会に三十五年間楽しみに通い続け、稲畑汀子先生に直接ご指導を受けて参りました。

「ホトトギス」同人義妹白根純子の勧めで昭和六十二年より「ホトトギス」に二人で投句を始め、稲畑汀子先生、稲畑廣太郎先生のもとで花鳥諷詠を学んで参りました。そして地元の句会では、五十嵐播水先生、五十嵐哲也先生のご指導を仰ぎ、「九年母」にも投句するようになり、現在は小杉伸一路先生にご指導頂いておりま す。廣太郎先生には、「カトリック新聞」でも選を頂き励みになっております。

細々と夫婦の共通の趣味として俳句を続けて参りましたが、結婚六十年を迎えるにあたり、「ホトトギス」同人の長女涌羅由美、そして教育現場で励んでいる次女生田真紀からの熱心な勧めもあり、この度思い切って、今まで詠み続けてきた俳句を句集に纏めることにいたしました。改めて句を読み返してみますと、家族の歴史や二人で旅した思い出などが走馬灯のように甦ってきます。

句集名は、早世しました長男圭一が帆船海王丸に乗り世界を航海実習した際に、神戸港で見送った思い出、そして、夫婦で長い航海の旅路のような人生を送ってきたことを重ね合わせて「航跡」と名付けました。

大変お忙しい中、快く温かい序句を書いて下さいました廣太郎先生には感謝の言葉しかございません。そして、私たち夫婦が敬愛する大阪カトリック教区の酒井俊弘（湧水）司教様には、心に沁みるお言葉の序文と素晴らしい題字を頂き、身に余る光栄と心より感謝申し上げます。

最後に、この句集を出すことに、いろいろと助言してくれた義妹純子と、選句、編集など完成に至るまでを手伝ってくれた由美に、心からの「ありがとう」を伝えたいと思います。

令和四年六月吉日

内田　進

著者略歴

内田　進（うちだ・すすむ）

昭和10年　兵庫県神戸市生まれ
昭和37年　神戸医科大学卒業
昭和62年　「ホトトギス」投句
平成元年　「九年母」投句
平成28年　「ホトトギス」同人

内田泰代（うちだ・やすよ）

昭和12年　香川県高松市生まれ
昭和62年　「ホトトギス」投句
平成元年　「九年母」投句
平成28年　「ホトトギス」同人
日本伝統俳句協会会員

現住所　〒655-0891　兵庫県神戸市垂水区山手3丁目9-3

合同句集　航跡　こうせき

二〇二二年八月二日　初版発行

著　者――内田　進・内田泰代

発行人――山岡喜美子

発行所――ふらんす堂

〒182-0002 東京都調布市仙川町一―一五―三八―二F

電　話――〇三（三三二六）九〇六一　FAX〇三（三三二六）六九一九

ホームページ http://furansudo.com/　E-mail info@furansudo.com

振　替――〇〇一七〇―一―一八四一七三

装　丁――君嶋真理子

印刷所――日本ハイコム㈱

製本所――㈱松　岳　社

定　価――本体二七〇〇円＋税

ISBN978-4-7814-1484-3 C0092 ¥2700E